ADEMÁS DEL FRAC

Felipe Trigo

CAPÍTULO I

Al buen amigo, al buen poeta Joaquín Alcaide de Zafra

Fumaba un magnífico cigarro, rubio y esquinoso y escogido, de quince centímetros. Estiróse el marsellés y el pantalón de punto, se inclinó ligeramente más hacia la izquierda, el cordobés y siguió para el casino. El caballo se lo llevaría Froilán a cosa de las once.

Era hermosa la mañana. Al sol, en la puerta del casino, estaban ya fumando y discutiendo Badillo, Cartujano, el secretario, el boticario, Pangolín y Atanasio Mataburros. José de San José llegó y tomó su silla. Por un rato escuchó, golpeándose las espuelas con la fusta. Sonreía. No sólo advirtió que Cartujano, con la presencia de él, tomaba vuelos, sino que pudo asimismo advertir de qué manera, por respeto a él, los demás cedían un tanto en su alborotada oposición de democracias.

¡Coile! ¡Nada menos que peroraba hoy de socialismo este Badillo! ¡Qué barbaridad!

José de San José, aunque le notó ante él desconcertado, le dejó disparatar un cuarto de hora. Luego le atajó:

-Hombre, Badillo... ¡no sea usted criatura! ¡Los hombres serán siempre como son! ¡Distintos, desiguales... unos tuertos y otros ciegos, unos buenos y otros malos!... En la Historia no hay otro caso de intento social igualitario, de amor libre, sobre todo, que el de los mormones... y... ¡ya ve usted!

-¿Qué?

-¡Que... nada! ¡Que va ve usted!

No veía nada Badillo, aunque se quedó con los ojos y la boca muy abiertos.

José de San José comprendió que no habrían oído nunca, ni Badillo ni ninguno de estos otros desgraciados, hablar de los mormones. Él tampoco estaba fuerte acerca de la vida y los designios de tal secta; pero había leído de ellos algo, ayer, en una ilustración, y era lo bastante...

-Además -díjole a Badillo, llegado tiempo atrás al pueblo para comerciar en granos y en paja empaquetada-, siendo usted, como dice, casi pariente del Badillo de Madrid, parece mentira que no sea usted conservador y hombre de orden...

-¡Toma! Y... ¿por qué?

-¡Pues más mérito!

-Claro, y ¿por qué? -inquirió también, triunfal, el «echao p'alante» Pangolín.

Corifeos del otro. Aspiraban, con el suelto y leído forastero, a meter cisma en un pueblo tan tranquilo. Habían tratado ya (secretamente, por miedo a San José) de... cosas...: de comités obreros, de sociedades de resistencia, de economatos... Es decir, de todo lo contrario a José de San José, amo de vidas y haciendas por tradición de la familia. Abogado, fuerte y guapo, soltero, poderoso, con seis yuntas de labor, con buen caballo de aseo y suscriptor de La Época... no sería fácil que le avasallase nadie ni estaba dispuesto a dejarse avasallar.

-Pues mira, Pangolín -dijo-; ¡porque sí!... Porque tú, pase que pienses de ese modo, con cuatro pelagatos; pero, quien tiene algo en la cabeza y es al fin pariente de un prohombre... de un marqués... ¡Digo, Badillo!

Hábil al mismo tiempo que violento, dejó reducido en silencio al concurso. A Badillo (¡que bien sabía José de San José que no había tal parentesco con el prócer!), con el «halago aristocrático»; a los demás, con el gesto de amenaza. Bastaría que él lo quisiese, para que nadie de Torrecilla del Pardal herrase más caballerías con Mataburros, comprase más quinina en la botica ni volviese a mirar al secretario... ¡Oh, esto de tener el porvenir de tantos hombres en un simple querer de voluntad!

Sino que San José era noble y bondadoso. Talento superior, letrado entre estos brutos, se hacía estimar de todos, como de sus criadas y pastoras, por generosidad y por simpatía. El respeto que sabía inspirar -y era su orgullo- fundábase, antes que en nada, en su bello corazón y en su corrección caballeresca. No se cambiaba por un rey. Sabía ser rey, además, en su reino dulce de la aldea. Un rey que viniese aquí no obtendría, más admiraciones.

Fumaba San José. Los otros le miraban, mordiéndose los labios. Causaba envidia la limpieza de su cara y de sus trajes, de sus botas, de sus fustas. Todo nuevo. El sastre y el zapatero que le surtían, eran de Cáceres. Las espuelas brillaban como platas. Y luego... ¡tan joven! ¡tan buen mozo!

¡Uuuuuueeeeeiiiiiooooo uuuuu!...

-¿Eh?

-¿Qué?

Oíase algo horrendo...

¿Fantasma... a pleno sol?

Un ciervo herido, tal vez. Una bestia apocalíptica.

Lo que fuese... lo que fuese aquello, sonaba a la otra punta de la calle.

¡Uuuuooooiiiuuu!...

Y se acercaba... monstruo bramador... aullido de demonio...

-¿Qué?

-¿Eh?

-¿Qué es?

El lamento, el rugido, el alarido formidable, ondulaba y henchíase, llenando los espacios... Se paraban los paseantes y asomábanse a sus puertas los vecinos. Detrás de unos chiquillos aparecieron dos mulas espantadas, y un borrico con loza regaba en su fuga las cazuelas y pucheros... Detrás... ¡ah!... nubes de polvo y de paja, trayendo envuelto en su violencia al... ¡monstruo!... ¡al monstruo!...

-¡Es un ciclón! -pensó Badillo, de pie junto a José de San José y requiriendo su garrote.

Aunque, en verdad, más que ventolera, lo que se les echaba encima parecía como un tropel de toros... o como un tren loco, que en la vía, allá a dos leguas, hubiese perdido los rieles..., Juanón, el fornido mozo, había podido contener las mulas desmandadas, y otros el borrico de la loza.

Y... ¡taf!, ¡taf!, ¡taf!, ¡taf!... ¡Uuuueeeiiiooouuu...

¡¡Automóviles... qué concho!!

Uno delante... Otro... Otro...

Propiamente como rayos.

Nunca habíanse visto en este pueblo.

Pararon en la plaza, a doce metros del casino.

José de San José y Badillo tuvieron que explicar que eran coches que andaban solos. El secretario y el boticario y algunos más, sí, tenían noticias.

Completaron la endiablada expectación los anteojos, las caretas, las pieles... Gracias a que dos señores se quitaron los horribles capacetes, y una señora el velo, y todos pudieron ver que, efectivamente, se trataba de personas. De una especie de cerrado furgón, lleno de baúles, bajó un mozo y preguntó por el alcalde.

Pedían limones, seltz... para refrescar, porque iba muerta de sed la duquesa...

¡Ah, sí... los señores duques de Adamés, que venían por temporada a su inmensa posesión!

-¡Contra, los duques! -se le escapó en veneración a Mataburros.

La dehesa de los duques, Los Cimbrales, que empezaba en Torrecilla, del Pardal, tenía el histórico palacio a media legua y tendíase por los valles y montañas de tres pueblos.

Más de veinte años hacía que no habían venido a ella estos señores.

Al duque únicamente le recordaba Mataburros, porque, cuando niño, habíale acompañado con su padre en las grandes cacerías. Así se lo manifestó a los contertulios.

-¡Anda, hombre, salúdale! -excitó en seguida a José de San José.

Y ya que éste, mirando como lelo al corro que íbase formando, no se resolvía, lanzóse él mismo, gorra en mano.

Un pasmo, tanta audacia. Vióse a Mataburros, con sus grotescas figura y decisión de Sancho Panza, abrirse paso entre la gente, llegar al automóvil principal y darse a conocer:

-Señor duque, yo tuve el honor de cazar con vuestra, excelencia cuando chico. Soy el hijo del Pelao, y veterinario, para lo que pueda necesitar vuestra excelencia.

-¡¡Del Pelao?

El duque le tendió una mano, y con la otra palmeábale en el hombro. Se informaba, del Pelao, ya muerto, célebre cosario, por quien él tuvo simpatías.

-¿Qué? ¡Bueno!... Y ¿cazas tú?

Ya lo creo que cazo, para lo que guste mandarme su excelencia.

-¿Como tu padre?

-¡No! ¡Claro que no como mi padre... ¡Mi padre... no hubo más que aquél!

-¡Bien! Aunque con los años voy perdiendo la afición, no dejaremos de matar algunas reses. ¡Ya te avisaré!

Volvió a tenderle la mano, le dio un magnífico cigarro, en despedida, y fue el momento en que llegó José de San José, tímidamente:

-Señor duque; para cuanto pueda ocurrírsele en el pueblo, tengo mucho gusto en ofrecerme a su excelencia.

-¡Gracias! ¿Es usted el alcalde?

No, señor. Soy José de San José.

-¡Aah!

Intervino Mataburros ante aquel «¡Aah!» de frialdad y de indiferencia:

-Aquí, éste, señor duque, es el amo de Torrecilla del Pardal. ¡Labra con seis yuntas!

-¡Aah! -volvió a decir el duque-. ¡Mucho gusto!

Y girando, se subió en el automóvil, donde ya una de las damas había bebido gaseosa.

Los automóviles partieron. La gente los siguió.

Entre el humo y el olor a gasolina que dejaron, sólo quedaban Badillo, Pangolín, el boticario, Mataburros y José de San José.

Mataburros recibía, por sus relaciones con el duque y por el soberbio habano de sortija, la admiración de los demás.

En cambio, San José sentíase humilladísimo con aquellos «¡Aah!», oídos por el pueblo, y que venían a ser como si le hubiese dicho el duque: «¡Que te alivies!»

No debió presentarse, para exponerse a tal desdén.

Su reinado en Torrecilla del Pardal había sufrido un golpe formidable.

CAPÍTULO II

Pero formidable... el golpe que sufrió y seguía sufriendo el prestigio de José de San José en Torrecilla del Pardal. En quince días, desde que los duques arribaron, no le hacían caso ni los perros. Lo llenaban todo aquello duques; aquellos automóviles que no cesaban de cruzar, de paseo hacia la ciudad, por la carretera y por la plaza.

Hablaba él en el casino; sonaban de pronto el ¡taf, taf!... y las sirenas... y ¡aire, sus oyentes! ¡Desbandados!

Salía en su jaca, que habíale costado tres mil reales, y... ¡hala, otros dos o tres magníficos caballos de servidores del duque que venían por cosas a la tienda!

Mandaba por carne, y respondíale a la Tomasa el carnicero que teníala toda destinada a los señores duques; por uvas, por gallinas... y lo mismo.

Quería cazar; pedíale al Colás su perdigón, porque el suyo estaba malo, y ¡música! ¡Se lo había regalado al señor duque! Un perdigón que no quiso vendérselo el Colás por quince duros.

¡Oh, los duques... los dichosos duques!

Un chauffeur o un espolique de ellos cualquiera, tenían polainas de charol, reloj de oro y hasta anillos de brillantes. Las «nenas de mi alma» del Pardal andaban locas con los duques y con estas gentes de los duques, y hasta en el mismísimo Juzgado y el propio Ayuntamiento, ¡quién se lo dijese a San José!, metíase decisiva su influencia.

¡Sí, hasta en el Juzgado y el propio Ayunta miento! Mataburros, instalado en Los Cimbrales desde hacía diez días, cazando, y que tenía sin herraduras a las bestias del lugar, habíase valido del duque para que le alzasen una multa de consumos y le sobreseyeran una causa de elecciones. Órdenes del gobernador y del presidente de la Audiencia, a rajatabla.

Andaba dado al diablo San José, solo, paseando a pie por los caminos. Primero pensó regalarle al duque dos excelentísimos podencos que tenía, congraciarse así con él y cortarle su influencia a Mataburros. Luego, comprendiendo que ni con podencos ni con nada pudiese deslumbrar a aquel magnate, le odió... y odiaba, iba odiando, día por día, cuanto oliese a poder y aristocracia.

Algunas tardes, desde un cerro (porque no podía dejar de acercarse a contemplar, lleno de envidia, aquel palacio), veía correr por las llanuras el tropel de cazadores, a caballo, tras las liebres... con una amazona también, que sería la duquesita... la bella duquesita, a cuyo lado iría, quizá, tan orgulloso Mataburros... Volvíase al pueblo con el alma traspasada de dolor, y al cenar en casa, su hermana y su hermanito le hablaban de los duques: «¡Esos sí que son ricos, qué caray!» «¡Dicen que el automóvil negro vale seis mil duros! ¡Más que nuestras viñas!»

En efecto, su pobreza revelábasele inopinadamente a José de San José junto a aquel brillar de poderosos. Entre los tres hermanos, desde que quedaron huérfanos, poseían, y administraba él, un capital de seis yuntas de labor, o lo que era igual, que llegaría rabiando a quince mil duros. No habiéndolo ni siquiera semejante en Torrecilla del Pardal, ellos habrían podido seguir creyéndose unos Rothschild sin esta llegada de los duques.

La equivocación de San José había sido enorme, por lo tanto. Juzgándose de la estirpe de los privilegiados de la tierra, profesó en política como conservador y rabioso defensor de aristocracias. Ahora bastaba que hubiese llegado un aristócrata, un rico verdadero, para que se le dejase anulado con su fe y se le pospusiera incluso a aquel grosero y tonto Mataburros. Su misma novia, hija del riquete boticario, cuando iba a verla por la reja; su misma pastorcita Florentina, cuando iba a acostarse con ella algunas noches... habíanle perdido la consideración respetuosa de prohombre que antes le tuvieron.

¡Oh, sí, la novia, Estefanía, porque habíase cruzado en el paseo de la carretera, acompañada de su madre, con el duque, y éste habíalas saludado sonriente, defendía que el duque, aunque algo viejo, era aún muy guapo y gentil!

¡El colmo! ¡Que bastaría, quizá, que el duque las llamase, como había llamado a Mataburros, dejándole sin albéitar, para dejarle asimismo sin novia y sin querida!

Odió, pues... odiaba cada vez más la aristocracia... las tiranías, los despotismos. El insomnio, en el final de una noche que pasaba con su ya dormida y regordeta Florentina, llegó hasta hacerle comprender los anarquismos de Badillo. Salía de sus errores lamentables. Pensaba convertirse... charlando con Badillo al día siguiente. En lugar de seguir oponiéndose como un simple a los instintos democráticos de ciertos elementos de su pueblo, para que luego viniese un magnate y le pagase a él con aquel famoso «¡Que te alivies!», valdríale más declararse jefe democrático y ponerse al frente de Torrecilla del Pardal en masa contra todo duque y todo Dios... Mataburros, allá a su tiempo, ya detestado por Badillo en guisa de traidor, sería el primer ejecutado... el primer lanzado de este pueblo tan feliz, donde no habría más que un partido...

Pero... al otro día, cuando disponíase a visitar al esquivo negociante en paja, un criado de aquellos de polainas de charol, sobre un caballo de aquellos de mil duros, detúvose en su puerta:

-¿Don José de San José?

-Yo soy.

-Esta carta, de parte del señor duque.

Leyó él atónito.

El prócer, sabiendo al fin que José de San José era un bravo cazador, le invitaba a pasar una semana en el palacio.

-¡Aaaah! -lanzó el solicitado, con un amplio suspiro que no quería decir precisamente «¡Que te alivies!»

Y aquella tarde, después de haber limpiado por sí propio sus polainas, su jaca torda, su escopeta y sus podencos, partió hacia Los Cimbrales.

Al paso se encontró a Badillo con su jaula de perdices.

No le saludó.

¡Qué iba a ser este Badillo pariente de un marqués!

CAPÍTULO III

«¡Guau!, ¡guau!, ¡guau!»

¿Eh?

«¡Guau!, ¡guau!»

Debía de ser un perro el que ladraba.

Bueno, ¡claro!, un perro. Pero, además, él quería decir un perro perteneciente a la jauría.

-¡Señora duquesa, me parece que ahí están!

-¿Quiénes?

-Los perros. La jauría.

-¡Ah!

José de San José... ¡qué diablo!, era analista. Este «¡Ah!» de la joven señora duquesa, no le pareció, verdaderamente, ni un «¡Ah!» de regocijo ni un «¡Ah!», siquiera, de satisfacción. Más bien un «¡Ah!» de frialdad y de contrariedad porque reuníanse con la gente.

Refrenó su jaca torda, que tropezó en unas taramas, y corno quedábase detrás, pudo observar en su caballo a la duquesa. Era una amazona o un demonio. La luna, en las soledades de este monte, la prestaba nueva seducción. Llevaba un sombrero-petaca gris, con pluma de faisán. Los ojos negros. El pelo negro. ¿Cuántos años tendría esta hermosa criatura de duquesa? ¿Veinte? ¿Veintiséis?

¡Coile! ¡Hacíase un lío!... No sabía qué opinar de ella José de San José. Con menos, con bastante mucho menos, si ella fuese simplemente una pastora o una artesanilla del pueblo... y no una duquesa de Madrid, habríala dado un revolcón.

14/60

¡Ya lo creo! ¡Con bastante mucho menos! ¡Él... que no se paraba en barras con las nenas de su alma!... Pero... una duquesa... una gran dama como reina de Madrid...¿haría todas estas cosas... por simple educación de altísima duquesa que le tomase a él por un patán?

-Señora duquesa, por ahí. A ese lado encontraríamos los barrancos.

-¿Por aquí?

Para guiarla mejor, picó la jaca y se puso a su lado San José.

Callaba ella. Él... reflexionaba.

¿Qué concho de niña era esta y qué coile de padres de la niña eran aquellos duques de Adamés... que ella cazaba sola entre hombres, como un macho, y no sólo liebres y perdices, sino en ronda de jabalíes, como esta noche?... Los papás durmiendo a pierna suelta allá en la casa. ¡La niña de Dios sola con él entre los montes!..

¡Concho!

«¡Guau! ¡Guau!»

-Los perros, señora duquesa, ¿no oye usted?

-Sí, sí, hombre, ya los oigo. ¡Qué manía!

Esta vez le contestó indudablemente displicente y disgustada. Tal que hubiese podido contestarle a un edecán.

Luego...

Luego no debía forjarse ilusiones José de San José.

Luego las «confianzas» que habíale concedido esta espléndida mujer de ensueño, esta magnífica mujer de cuento de hadas y de príncipes... no pasaban del desdén que emplearía ella con sirvientes, con criados... Él, príncipe de su pueblo, verdadero emperador-don

Juan entre las pobres muchachas de la aldea, no representaba para esta morena mujer de maravilla sino algo... como un poste.

Resumió, oyendo los perros más cerca cada vez. En los seis días que llevaba con los duques en la dehesa (porque le mandaron llamar, en clase de experto cazador que... «hubiese de divertir a los señores»- ¡oh, sí, sí! ¡Así llamaron también a Mataburros y al Chápiro Velarde, reteniéndolos a sueldo!...), en los seis días, y ya que a él, cacique y rico, no pudieron contratarle, «pagábanle» con una especie de campestre amistad, alojándole en una excelente habitación del palacio de la finca y haciéndole comer con ellos a la mesa. Y en la mesa, como en los automóviles, el pie y aun la rodilla de esta... recontra de duquesa, solían tocar los suyos con máximo descuido; y en los puestos de perdiz, ya en dos tardes, le había llamado al suyo esta... recontra de duquesa, a pretexto de que cantaba poco su reclamo, teniéndole en la estrechez del suelo con un muslo materialmente encima de su muslo. ¿Era, efectivamente, la estrechez... o era que... buscaba la... recontra de duquesa...?

¡Oh!

¡Problema! ¡Gran problema, y grave, para el pobre San José!... Otra noche le llevó a su cuarto y le estuvo enseñando media hora cosas y retratos de París, sentada encima de la cama. Y al mismo tiempo enseñábale una pierna hasta muy cerca de la liga. Mas... toda la aldeana y estudiantescamente sevillana experiencia mujeriega de José de San José, que no era poca, no bastaba ante lo tan inesperado y nuevo que venía a constituirle una, hermosísima duquesa; para saber si... habríala enamorado... o si fuese que le trataba ella con la despreciativa confianza que a un criado, que a un poste del telégrafo, ante el cual le importase un pito a una mujer lucir sus pantorrillas...

Seguían con los caballos, en silencio, guiándose por el ladrar y el latir de los podencos, y cada vez complicábasele más a José de San José su conflicto de... ridículo.

¡Ah, sí!... Habérsele desbocado a esta mujer el caballo o haber hecho ella que se le desbocase... para que la siguiese él; haberla tenido a tres kilómetros de todos los demás en aquellos pinos, a la luna... y no haber osado... ni aun ante las provocaciones de ella... ¡qué barbaridad!

Jamás había tratado él a una mujer que oliese a título siquiera. No las entendía. No se las explicaba, por lo tanto... y no quería meter la pata.

¡Oh, pero... con cuánto bastante menos, a ser una paisana, le habría sobrado para darla un revolcón!...

Como se lo dio a la Raimundita, la vaquera, porque no estaba su madre en el chozo...; como se lo dio a la Cruz, del juez municipal, aquella noche de la fuente...; como se lo dio a la Matildeta, la hija de su patrona de Sevilla, y quieras que no, grites o no grites, aquella mañanita, antes de la clase de Romano. Es decir, que con gentes de su laya, tenía más que probados los arrestos San José.

Ahora bien... ¡una duquesa!...

De Sevilla también, y cómo argumento de que las duquesas y condesas tienen una especie de suelta educación de marimacho, que les quita la malicia en muchas cosas... (en muchas cosas que en las simples burguesitas significarían horrores), recordaba los encierros de Tablada, en que volvía sola y a caballo una duquesa entre los toros.

-¡Eh!... ¿Qué?...

-¡Plam, pim, plum!

-¡Cuidado, señora duquesa, que viene un jabalí!

Se avisparon los caballos. La duquesa apercibió la carabina.

-¡Pie a tierra! -pidió José de San José.

Bajó veloz, y la ilustre compañera le imitó, sacando igualmente su cuchillo. El tumulto había empezado no lejos, repentino. Era terrible el alboroto de los canes. La fiera, el jabalí, gruñía y bufaba, armando un espantoso estrépito de colmillazos a las jaras. Sonó el lamento doloroso de algún busca destripado, y a la loca algarabía de los podencos se unió pronto el ronco ladrar de los alanos.

-Lo aculan, señora duquesa. ¡Ojo!... ¡Ya está ahí!

San José, valientemente, protegíala con su cuerpo. Pero la joven dama, brava también, no tuvo la paciencia de la espera. Rompió, y a pie lanzóse hacia el tumulto... Su compañero ató a una encina los caballos y volvió a alcanzarla. Crecían la confusión, los gritos, los rugidos. Pero el jabalí debió desentenderse del acoso, porque se le oyó escapar, en sentido opuesto al de la noble cazadora, y se oyó alejarse los ruidos de la jauría y los disparos y bocinas del mayordomo, de los sirvientes, de los cosarios... todos al tendido correr de sus caballos...

-¡Vamos! -gritó animadamente la duquesa.

Volvieron a montar y ella partió como una flecha.

«¡Ésta se mata!» -pensó, siguiéndola, José de San José. Galopaban entre jaras y madroños. Cuesta abajo. Seguían el ruido de los perros y los cuernos. De pronto, perdidos, entre monte alto, sufrieron gran contrariedad... Un pequeño arenal, en un profundo valle, les dejó ver cómo les cortaba el paso el río, hondo y caudaloso, invadeable...

-¡Hala! ¡Al agua! ¡Por aquí!

-¡No, por Dios, señora! -dijo en susto de audacia tanta San José.

-¿Por qué no?

-Porque tendríamos que pasarlo a nado.

-Pues... ¡aire!... ¡A dar la vuelta!

Galopó ella y él detrás. Llevaban la ribera, entre adelfales, buscando un sitio menos hondo. Sólo que el río iba torciéndose con larga curva en sentido opuesto al que habrían ambos deseado, y a los tres minutos no se oía siquiera la récova ni nada... en el diáfano e infinito silencio de la luna y de la noche. Y la curva del río, en fin, doblada bruscamente, dejólos atajados en una praderita semicircular de avenas locas y mastranzos.

-¡Ah, bah! -exclamó la intrépida amazona bajando del caballo-; ¡estoy cansada, y mi pobre Parsifal también, a reventar!

Se tendió en la hierba y soltó la brida.

Parsifal, en efecto, jadeaba. Habían corrido mucho. José de San José, que también echó pie a tierra, ató las dos cabalgaduras al tronco de una adelfa. Luego se sentó, respetuoso, a distancia de la joven.

Ésta sacó un susini y púsoselo en la boca. Fumaba más que un murciélago, la tal recontra de duquesa.

-¿Me da usted fuego? -le dijo a San José.

Él se aproximó para darla una cerilla. Ella le brindó un cigarro y le invitó a sentarse cerca.

-¡Hombre, Pepe -díjole en seguida, tumbándose cara al cielo en el mullido lecho aquel de avena loca-, la verdad es que si reparan esas gentes que usted ha hecho por que nos perdamos esta noche de este modo, vaya a ver qué pensarán!...

-¡Oh, señora duquesa! ¡Yo!...

La joven cruzó una pierna sobre otra, y añadió:

-¡Pensarán que usted ha querido, abusar de mí por estos campos!

-¡Oh, señora duquesa!

-¡Y yo también lo pienso... porque es propio de ustedes, los hombres, abusar!

-¡Ah, señ!... ¡Por Dios, señora duquesa!

-Hombre, déjese de duquesados...; diga Celia, simplemente. ¿No somos amigos?

Y le tendió una mano, en amistad, toda afable y perezosa; y Pepe, al estrecharla, todo en fuego, viendo a la luna, además, aquella media en la pierna por lo alto, pensó...

-¡Celia! -dijo, girándose hacia Celia en brusco modo tal que le soltaba las palabras en los ojos-. ¡Celia!... ¿Y usted me lo consiente... y no se enojaría si yo... abusase... si yo... Celia?...

¡Oh, sí! ¡Cómo la luna le dejó ver que Celia sonreía, que Celia le invitaba, le esperaba!

De tan brusco, el doble beso que estalló puso en susto a los caballos...

CAPÍTULO IV

Dejaban en la cárcel a Badillo, por haberse permitido hablar mal de un aristócrata. ¡De uno, de uno cualquiera, que, según El Imparcial, hacía moneda falsa; y no del duque! A poder, José de San José procesaría también a El Imparcial.

Él tenía el «aristocratismo» en el propio corazón, para todo y para siempre.

-¿Qué importaba que estuviese ya en Madrid su duquesita? ¡Su Celia, sí, su Celia! ¡Había dormido con su Celia cinco noches!... Pero, así dicho... dormir, o, aún dicho mejor, acostarse... en la misma cama de ella y no dormir... mientras allá los duques, los suegros fastuosos, en sus estancias del otro fondo del palacio.

El propio Mataburros, asombrado, habíale visto casi besar a Celia algunas veces.

Por él pueblo no corría más que esta voz:

«¡José de San José volvió loca a la hija de los duques... la deshonró, durmió con ella!»

Y claro es que José de San José no había vuelto, ni por sueño, a ver a Estefanía ni Florentina.

-«¿Te casas? ¿Os casáis?» -le preguntaban los que tenían la dicha de encontrarle en raras ocasiones.

-Pshé... ¡veremos! ¡Quizá no! -solía el afortunado contestar solemne y displicente.

Las gentes comentaban, con el orgullo de aquel José de San José que rendía de amor a las lindísimas duquesas y que luego despreciaba a las duquesas:

-«¡No, no; dice que no se casará!»

-«¡Dicen que los duques, enterados, piensan obligarle, puesto que él la desprecia!»

San José dejábalo creer... Mas, era lo cierto que cifraba su gran preocupación, precisamente, en aquel extraño qué me importa de los duques.

¡Oh, la honra de su hija!... Pues, ¡nada!...; por una parte, ésta, Celia, habíale escrito desde Madrid una sola carta en que decíale «que la olvidase..., porque aunque ella hubiera de sufrir también horriblemente tratando de olvidar, no les quedaba otro remedio, dado que sus padres no querían casarla en modo alguno sino con un pariente que teníanla elegido desde chica»...; por otra parte, él, el propio José de San José, viendo que no obtenía respuesta de ella a nuevas cartas, resolvió enterar de «lo ocurrido» a los papás, con un anónimo capaz de resolverlos a exigirle un casamiento de... restitución de los decoros... y ¡música... silencio, igual que si les rascase a los dos las pantorrillas!

¡No, no comprendía José de San José esta manera de ser tan rara de los duques!... El boticario mismo, con ser un pelagatos, le hubiera querido matar, a menos de casarle, si él da la mitad del escándalo, siquiera, con la pobre Estefanía.

Por suerte... ¡qué iba él a mirar más a Estefanía!

Sentíase consagrado de duquesa..., de grandeza..., y en un tal y tan profundo hechizo, que ni le parecía que hablaba más que con una humilde sierva, cuando hablaba con su propia hermana, ni creíase ya pertenecer por nada, ni por alma ni por cuerpo, a esta plebeyísima aldehuela de Torrecilla del Pardal!

Paseábase solo, como un loco, con su ensueño y su quimera.

Celia, en automóvil, llena de brillantes, o en sus brazos y llena de sedas y de encajes y de anillos y pulseras con corona, formaba su obsesión.

A ratos volvíale el temor de que él no la había encontrado pura, virgen...

Pero, a ratos también, los más, recordaba las tiernísimas protestas de ella en tal sentido..., cuando habíala oído entré besos y gritos de pasión jurarle que le había entregado vida y alma por un amor incontrastable... indominable...

En la duda, que seguíale, cien veces intentó consultarle, el caso al médico del pueblo.

Por eso hoy, después de dejar preso a Badillo, íbase también delante con el médico. Sin embargo, desistió de invitarle con tal fin a pasear: la consulta, sobre ser ridícula para quien tanta fama gozaba de expertísimo Tenorio, vendría a mermarle méritos a su conquista principal, a su conquista capital de una duquesa.

«Sí, debía de ser pura!» -calmábase a sí mismo, tirando ya sin ningún acompañante hacia Los Cimbrales.

Gustábale andar por esta regia finca, llegando hasta el palacio en donde tanto disfrutó. Y parecíale suyo, aquel palacio..., como había sido suya, tan suya, la bella duquesita.

No... no se acostumbraba al pensamiento de que no hubiesen de ser suyos esta vasta posesión y este palacio. Una letra de honor les tenía girada en anticipo. ¡Él la cobraría!

Meditaba, meditaba, formándose su plan, los días enteros.

Ni cuidaba de sus tierras, ni había vuelto a jugar al tute en el casino. Tenía un pequeño retrato de Celia, y lo miraba a todas horas: en el campo, al acostarse...

«A mi Pepe», habíale, escrito él mismo bajo el busto, imitándola su letra, ya que ella no había querido dedicárselo.

No acababa de entender que a Celia, a sus padres, a estas altas gentes del honor, el honor los tuviese sin cuidado.

Porque... ¡vaya!, o era habérselo hecho perder el acostarse él con la hija, o no sabía para cuando dejarían los duques el dar por una restitución da honor su vida y su fortuna.

¿Habrían recibido el anónimo?

Por si acaso, escribió otro más «definitivo»:

«Señor duque: si duda que su hija perdió su virginidad en Torrecilla del Pardal, por culpa y obra de ese pilló José de San José, hágala reconocer por los doctores.»

Y... ¡que si te gustan los peces!... la respuesta, ni palabra.

El duque tendría, quizá, un secretario que no querría darle el disgusto de estas delaciones.

Otra noche, renegado ya José de San José, púsose a redactar un nuevo anónimo con mayores amenazas. Y ahora, al duque, llamábale de tú:

«Te advierto que el pillo José de San José, no deja de alabarse en todas partes, de la deshonra de tu hija. Lo mismo hace con respecto de otra hija mía a quien deshonró. Por eso te escribo tantas veces: ya que yo no puedo, debes tú pegarle un tiro. Y si no lo hicieses, también te aviso que procuraré que se lo pegue otra persona... puesto que ya sé quién es el noble y rico pariente que quieres para yerno, y le escribiré contándole estas cosas, si pasados ocho días no tomas tú cualquier resolución. Además...»

Pero se interrumpió el anonimista.

Consideró lo escrito, y lo rompió.

En primer lugar, porque la alusión «al noble y rico pariente» de quien Celia habíale hablado, sugeríale una idea.

En segundo lugar, porque no le convenía delatarse al duque como tal granuja que anduviese blasonando del asunto a todas horas. ¡No;

puesto que aspiraba a verlo alguna vez, a recobrarlo como suegro, los anónimos, igual que los pasados, no debieran presentarle sino como un galán don Juan que sobrellevase su aureola dignamente.

Y en cuanto a la idea... luminosa e infalible... ¡sí, sí, infalible!... hela aquí: irse a Madrid, averiguar quién fuese, aquel futuro yerno de los duques, visitarle, exigirle previamente palabra de secreto en cambio de la salvación de honor que le ofrecía... e informarle de la situación de Celia en forma tal, que tuviese que exclamar el noble prócer tendiéndole la mano: «¡Imposible la hais dejado para vos y para mí!...»

Es decir, para vos; para José de San José, no, ciertamente, puesto que rota la boda de combina familiar, casaríase, con el hombre de su amor la pobre Celia, esclavizada por los padres.

¡Ah, talento de abogado enamorado!

No podía dormirse. El porvenir habíase abierto claro delante de él como una aurora.

¡Iría a Madrid! ¡Iría a Madrid!

El pueblo le apestaba. Iría a Madrid para quedarse, para no volver jamás a esta miserable Torrecilla del Pardal, ¡como no fuese en automóvil, con su Celia!

El resto de la noche se lo pasó perfilando los detalles.

Fue al cajón para consultar el estado de sus fondos, o, mejor dicho, de los fondos de la casa, puesto que él era el administrador también de los hermanos, y vio que disponían de tres mil y pico de pesetas.

Echó cuentas.

¡Bravo! Se llevaría dos mil. Al día siguiente haríales saber a los hermanos que les dejaría la parte de su capital como arrendada. Este primer pellizco de las dos mil pesetas se tendría por anticipo. De las cuentas, siendo fiel y honrado, cual siempre lo era él, resultaba a su favor una renta anual de diez mil reales... lo bastante para un año, para unos meses, en la corte, mientras llevaba a término feliz aquel soberbio matrimonio.

Sólo entonces acostóse y se durmió, contento, felicísimo, pensando en el nuevo susto que alguna vez habría de darles a Mataburros y a Badillo, cuando él volviera al pueblo con ducales automóviles.

¡Taf, taf, taf!... Uuuuueeeeiouuuu...!

Procuraría entrar al mediodía, espantando a las mulas y a las gentes...

¡Taf, taf, taf!... ¡Me cachi en Reus!...

Solemne el almuerzo aquél en la mañana. José de San José, tocando apenas el lomo frito con adobo, había explayado sus proyectos. A Madrid. Poderoso de esta hecha. Y claro es que siéndolo él, lo serían sus hermanos, por su influjo y protección.

-Pero... ¿te casas?... pero... ¿con la duquesa de Adamés?

-¡Sí, Matilde! ¡Con Celia!

-¡Aaah!

Tampoco el «¡Aaah!» esta vez significaba, «¡Que te alivies!» La buena hermana, en un deslumbramiento de millones, pidió y obtuvo un plazo de seis días para prepararle todo al venturoso: camisas, camisetas, calzoncillos... y un buen terno que debiese hacerle en Cáceres un sastre de renombre.

«¡Se casa! ¡Se casa!» -repitióse por seis días en Torrecilla del Pardal.

«¡Al fin, cede a casarse!»

«Le están haciendo las camisas»

«¡Le están bordando calzoncillos a punto en cruz, de colorado!»

«Sí, la Nora y la Nicasia»

Y la despedida fue de las que hacen época en un pueblo. Cinco carros, con amigos. A los que no pudieron llegar a la estación, el presunto duque ordenó que les diesen vino libre en las tabernas.

Hacia el anochecer hubo, a causa de esto, puñaladas; mas ya el feliz volaba en un primera del correo hacia la corte.

CAPÍTULO V

Tres duros diarios, en el hotel de Santa Cruz. Balcón a la calle de Alcalá. Puesto en él, anochecido, volvíanle loco el barullo, el desfile de gentes y tranvías, de coches, de automóviles.

¿Cuál sería el de su duquesa?

Quince días llevaba en Madrid, donde no había estado nunca. Sevilla, recordada de sus años de estudiante, no podía dar ni idea de esta población. La aldea, además, habíale ya hecho perder hasta la memoria de Sevilla, en una especie de selvática paralización de la existencia; y el continuo movimiento de Madrid teníale excitado y con ganas de orinar a cada instante.

Se quitaba del balcón. Sentado en la butaca y contemplando el gabinete, lo hallaba bien para cuando viniese a verle el duque. Él había estado en el palacio del duque muchas veces, y el portero no quería dejarle entrar. «¡Véalo en el Congreso!» -le decía-. Comía y cenaba siempre fuera, toda la familia, según aquel portero. Mas, como en una o dos mañanas, cuando él estaba preguntando, llegaron otros, en coche y bien vestidos, y el portero los pasó, José de San José acabó por comprender que hacíanle falta coche y buena ropa.

No, no le podía bastar el traje cacereño, por más que no era feo, a cuadros. La Princesa y el Real, adonde asistió varias noches a butaca, sin tener la suerte de encontrar a Celia, habíanle comprobado que sin frac estábase ridículo. Por eso esta noche lo esperaba, el frac, su frac de Peñalver, de ochenta duros. Recorrería con él los tres teatros en que Celia podría hallarse: el Real, la Comedia y la Princesa, tomando por lo pronto sólo entrada, y, butaca, al fin, donde la viese.

Pasó a la alcoba, revisando las otras compras de esta tarde: camisas, corbata blanca, zapatos de charol, chistera y un bastón elegantísimo... ¡Ah, sí, sí, cómo habíanle servido los pasados días para instruirle en moda; y costumbres de la corte!...¡Los zapatos de charol!... Sin vérselos, a los de los teatros, él se hubiese puesto el frac con botas de becerro, con las botas de elásticos, y llenos de agujeritos el chanclo y las punteras, que tanto llamaban la atención en Torrecilla del Pardal.

Volvió a orinar.

Volvióse al gabinete, pensativo. Cogió lápiz y papel, y se entretuvo echando cuentas. Entre el viaje, el traje, los teatros, los quince días de fonda, las camisas y todos estos chirimbolos, los coches de alquiler y los gastos de café y... de aquellas tres floristas, habíale ya restado a su cartera al pie de mil pesetas. La mitad de lo que trajo. ¡Qué barbaridad!

Hombre económico y buen administrador, allá en el pueblo, le asaltó la duda de si no estuviese haciendo tonterías. Todo merecíalo, en verdad, su Celia, si al fin la decidiese al matrimonio; pero, si su Celia...

¡Bah! Trataba de calmarse.

Duquesa o no, y más mientras más duquesa fuera, ¿no se iba a casar con él, que habíala deshonrado?

¡Deshonrado! ¡deshonrado!... Nadie le podría tachar de ilusa su esperanza. Cinco y cinco, diez; pues, igual: una mujer sin honor y el seductor, boda. No tenía vuelta el argumento.

Únicamente el duque se oponía, porque no creyera en los anónimos, o porque a pesar de todo prefiriese para yerno a aquel pariente.

¡Bravo! ¡Se iba a verlo!... De hacer falta, José de San José se informaría de quién era aquel pariente y pondríalo al cabo de la calle. Gran favor a todos: al pariente, al duque, a Celia, a él. ¡Sí, sí, incluso al duque y al pariente, salvados respectivamente en su lealtad y en su decoro; porque, aun sabiendo a su hija deshonrada, no se le podía pedir a un padre que él mismo se lo fuese a descubrir al prometido...

En apuro tal, explicábase que el duque de Adamés, primero por su bruto de portero, que tendría órdenes quizá de no dejar pasar a nadie mal vestido, y después por aquellos bestias ujieres de las Cortes, le estuviese resultando inabordable. Viendo sus tarjetas y sus peticiones de entrevista, pudiera imaginar que iba San José en tonos de amenaza. No sería lo mismo cuando pudiese hablarle y convencerle, lleno de bondad, mostrándole la carta de su hija y así haciéndole entender, antes que nada, que por la dicha de ésta no debiera oponerse al matrimonio. Entonces, todo rápido y al pelo, con una simple disculpa para aquel pariente, que ahorraríase el tener que saber a su novia deshonrada.

Miró el reloj. Las ocho. ¡Caramba, y cómo tardaban con el frac!

Por ganar tiempo, quiso irse poniendo la camisa, la corbata, los zapatos...

Luego, vestidos nuevamente el pantalón y la chaqueta, recordó que tenía que escribirle a la familia. «Mis queridísimos hermanos -empezó-: os pongo cuatro letras porque es la hora de cenar y me esperan en casa de los duques para ir con ellos al teatro...»

Detúvose. No le placía mentir.

Sin embargo, ni esta mentira se lo parecía en el fondo... puesto que habría de ser rigurosísima verdad en pocos días, ni ya le quedaba otro remedio. Desde la primera carta, y a fin de no desanimarlos, habíales dicho, en vez de contarles su amargura, que Celia y el duque y la duquesa habíanle recibido desde luego como cosa propia en el palacio...

-¡Señor! ¡Esto del sastre!

Soltó la pluma. Abalanzóse hacia la puerta.

Mas, ¡ah!.. no era sino una esquela en que decíale Peñalver que no esperase el traje de frac esta noche. El oficial no lo había acabado. Se lo enviaría por la mañana.

De rabia, bajó José de San José a cenar, y en seguida se acostó, entreteniéndose en leer el ABC y la carta de su Celia, y en mirar de cuando en cuando el retrato de su Celia.

Y se durmió con el periódico encima de la colcha, con el retrato y con la carta de Celia cerca de la almohada.

-¡Señor! ¡Esto del sastre!

¡Ah! ¡por fin!... las doce y media. Él, despierto desde las diez, esperábalo acostado.

Se lo dejó sobre la cama el camarero, y José de San José, incorporándose, examinó el traje aquel prenda por prenda. Raso, el forro. Cinta, el pantalón. ¡Vaya un gusto de botones y remates!

Saltó del lecho y púsose a vestirse. Tenía encargado un coche a una cochera. Se gustó, de frac. Se retorció las negras y largas guías del bigote, con un poco de saliva y con los dedos, y se hizo con más primor que nunca aquel tupé de su peinado Alfonso.

Bajó a almorzar de frac, llamando desde luego la atención.

-Oye, camarero... para las tres, ¿vendrá el coche?

-Sí, señor.

-¿De dos caballos?

-De dos caballos.

Pero acabó el almuerzo a la una y pico, y sentíase lleno de impaciencia. Las vidrieras filtraban el sol de un claro día de Noviembre. Mejor, así saldría sin el gabán, un tanto deslucido al pie del traje.

Mandó que le bajasen la chistera y se fue a esperar el coche al Lyon d'Or, que estaba enfrente. ¡Caramba, sí, sereno el día... pero fríe, demás para ir a cuerpo!

Las gentes le miraban. Él pisaba con cautela por no llenarse de barro los zapatos. Y, sobre tono, la entrada en Lyon fue un triunfo. Hasta se levantaban por verle, los de lejos.

¡Su frac! ¡Ah, sí, su frac! ¡Como en Madrid no hacía falta más que un frac para llamar la atención en todas partes!

Y golpe de efecto, aun... ¡Plam!... A las tres en punto el coche, allí a la puerta del café.

Acudieron dos floristas. Habíase acostado con ellas en noches sucesivas, por dos duros, por tres duros.

-Bueno, Buenaventurita, Juana... unos claveles... ¡ponedme unos claveles!

Una se los puso blancos y otra rojos, con alfiler y con los rabos por fuera, porque no cabían en el ojal. Las dio dinero y partió el coche, cortando aquella gran expectación del Lyon y de La Peña.

José de San José quería, ver al duque en el Congreso. Hoy le dejarían entrar con este empaque. Terreno neutral. ¡Nada de palacio!

Llegó, y ya encontró el vestíbulo lleno de aspirantes. Bajó del coche, y se dirigió resueltamente a la mampara. No le detuvieron, y hasta un ujier le saludó..., pero no había avanzado dentro cinco pasos, cuando el mismo ujier le alcanzó y le preguntó lo que quería: -«¡Ver al duque de Adamés...; y no, él no era diputado ni tenía pase al salón de conferencias!»-. Vuelta atrás; le tomaron la tarjeta, como otra tarde en que no estaba el duque de Adamés, y le hicieron aguardar entre la turba de aspirantes, sin el más mínimo respeto. Allí fuera siguió llamando la atención de aquellos desgraciados.

-¡José de San José! -gritáronle por un ventanillo a la hora y media.

-¡Servidor!

Y otro ujier devolvió le la tarjeta diciendo que el señor duque estaba en la sesión, y no podían interrumpirle

¡Concho, para ver a las gentes en Madrid!

Mandó al cochero pasear por el Retiro y por la Castellana. El rey de Torrecilla del Pardal se encontraba desolado. ¡Ni con frac! Aunque... ¡visto el juego! El duque no le recibiría así, con los anuncios y tarjetas, recordando los anónimos. A la otra tarde le esperaría desde las dos en la puerta del Congreso.

Miraba a los coches y automóviles, buscando a Celia. ¡Nada!

Por la noche recorrió los tres teatros importantes, y no la halló tampoco. ¿Dónde se metía?...

¡¡Oh!!... Allá a la una... en una calle... ¿Ella?... ¡No, no por Dios!... ¡Sola!... ¡Con un señor..., con un joven señor!... ¡En automóvil!... ¿Ella?... ¡No, no, imposible! ¡Sin su madre, sin su padre!... ¡Con el... novio!... ¡Bah, la confundía, a no dudar, con una golfa! ¡Llevaba demás en los ojos su imagen San José!

No pudo dormirse en muchas horas.

O no era Celia, o, si lo hubiese sido, en el refilón del auto no llegó a ver que acompañaríala también su madre.

A menos que, igual que por educación aristocrática cazó con él sola por los montes, fuese de educación aristocrática salir sola con el novio por Madrid.

Y en tal caso...

Los celos le mordían. Las dudas, asimismo, vuelto a aquella tan feroz de si sería pura o no Celia al entregársele.

Rendido, vino el sueño, su gran sueño de hombre de bien, a darle sus consuelos.

Y al otro día, a la una en punto, tranquilo con respecto a Celia, cierto de haberla confundido, ya estaba de frac, en el comedor. Mirábanle desde las otras mesas los señores y señoras de tal modo, que le empezó a enojar la expectación que producía con su elegancia.

-¡Hombre -acabó por decirle al camarero-, parece que no, han visto nunca un frac en esta fonda!

-¡No, no señor -sonrióse en disculpa el camarero-; es que les choca a estas horas, quizá!

-¿El qué les choca?

-Vérselo puesto. ¡Como no se suele usar más que de noche!

-¡Cómo de noche! ¿No se lleva el frac más que de noche? Pues... ¿y de día?

-¡Levita más bien, señor! Además, con el frac, no es costumbre salir a cuerpo por las calles.

«¡Aaaah!»

Se puso San José ligeramente colorado. De todos modos, aprendía, y esto tenía que agradecerle al camarero. Aligeró el almuerzo, subióse al cuarto y quitóse el frac. Mirándolo, pensaba en el ridículo que hubiese hecho si se encuentra a Celia en el Retiro. Y, no obstante, hacíale falta ropa ad hoc. El traje cacereño, a cuadros, acinturado y corto de chaqueta, habíase él convencido en estos días de que era cursi. Por otra parte, dispuesto a no dejarse ver del duque sin ir muy bien vestido, renunció a esperarle hoy en el Congreso. Ya iba viendo que, además del frac, en Madrid, se necesitaba una levita.

Echó mano a la cartera. Consultó. Puesto, no debía de reparar en sacrificios. ¡Resuelto, qué caramba!... Salió y le encargó urgentemente a Peñalver un traje de chaqueta, otro de levita y un gabán. ¡Qué horror! ¡Ciento ochenta duros!

De vuelta a casa, y resuelto a no salir hasta hallarse indumentado, le escribió a su hermana urgentemente: «Queridísma Matilde: envíame otras dos mil pesetas. Si no las tienes, pídelas prestadas. Además, o cómprame tú o haz por vender a toda prisa mi olivar. Me caso, ¿sabes? Es que me caso, y estoy haciéndome la ropa. Como comprenderás, no es cosa de andar con escaseces...»

CAPÍTULO VI

Cuatro días después cobraba un giro de tres mil pesetas, prestadas por Mataburros a condición de que le devolvieran cinco mil a los seis meses.

Cinco días después tenía un giro de diez mil, del olivar, malvendido a su ex futuro suegro el boticario.

Y al otro día, el sastre le mandaba el terno inglés, el traje de levita y el gabán.

¡Al pelo!

Acababa de almorzar. Eran las dos. Púsose, sin perder momento, la levita y fue al Congreso. Tuvo suerte. Al cuarto de hora vio bajar al duque de un coche.

-¡Señor duque, señor duque!... ¡tanto honor!

El duque tardó en reconocerle, con aquella indumentaria.

-¡Calla, sí! ¡De Torrecilla del Pardal! -dijo por fin.

Y frunciendo el ceño le dio la mano en despedida:

-¡Mucho gusto!

Atónito, José de San José, volvió a quedarse detrás de la mampara.

-Pero... ¡señor duque! ¡señor duque!

¡Nada! El duque se debió de acordar de los anónimos. Su oposición era indudable. Volvióse a pie calle arriba el defraudado, con su chistera y su gabán, y reconstituía tenazmente sus proyectos. Tendrían a Celia prisionera. Era ella a quien debiese ver; y, si no, a su prometido. Mas... ¿cómo?... Aparecíasele inútil, por lo pronto, todo nuevo intento de hacerse recibir en el palacio.

-Pero... ¡me caso Reus... o me caso con ella o los reviento!

Iba hacia el Lyon d'Or. Se le ocurrió tomar un coche y apostarse en la esquina del palacio. No logró esta tarde sino pagar tres duros de coche, hasta las seis. Y volvió en otro coche, por la noche, de frac, a la hora del teatro, con igual mala fortuna. Su designio, era abordarla, en el teatro o el paseo, así que la viese sola con la madre. Por cuanto a escribirle, de nada serviría, puesto que ya Celia en aquella su única carta triste a Torrecilla del Pardal, le había advertido que su padre le interceptaría la correspondencia.

En seis días más de esta terca vigilancia, dos tardes tuvo la suerte de ver a Celia en automóvil; sólo que ya salía el automóvil, con ella y con la madre, desde dentro de las verjas, y... a buen paso la iba a seguir, con un jamelgo!

Tres noches la vio también salir para el teatro... o para bailes, puesto que no la encontraba luego en la Princesa ni el Real, tras de haberse gastado él su dinero en las butacas.

Por fin... ¡oh, sí, gran Dios!... otra noche, a cosa de la una, reconoció parado su automóvil, y justamente a tres metros de la fonda. Estaba en la puerta del Ideal Room, y ella, por lo tanto, dentro. Asomóse al torno, para mirar por los pequeños cristalitos. La descubrió con otra dama que no era su mamá, y con tres señores.

¡Ah, qué fortuna! Se quitó el gabán y se lo puso al brazo, para lucir los rasos de su forro, a la vez que el frac elegantísimo. Hizo girar el torno, y se coló... y como no había nadie en la sala más que ellos, Celia le vio inmediatamente. Turbóse ella un poco: en seguida sonrió, en tanto él se acercaba.

Llegó al grupo San José, chistera en mano. Saludó a Celia, que le correspondía con la misma afable sencillez que si se hubiesen separado una hora antes, y fue por ella presentado a la joven dama y los señores:

-Lulú Vidal, el marqués de Pobladet, Álvaro Fillol y Gómez Turza.

San José se había sentado, aunque nada le dijeron; y como nadie le invitaba a tomar los sorbetes y cervezas que tomaban los demás, nada pidió. Ellas y ellos siguieron entre ellos con sus risas y sus bromas. Él, mirando a Celia, se callaba, en violenta situación.

¡Maravilloso, todo esto! ¿Dónde estaban el pudor y la emoción de aquella enamorada, de... aquella deshonrada? ¿Y no era, además, este rubio marqués de Pobladet, que aquí charlaba y se reía con Celia preferentemente a ratos, el mismo que iba solo con ella una noche en automóvil?

No comprendía absolutamente nada San José. No le dejaba Celia ocasión de decir una palabra. Admiraba únicamente su descaro, su descoco. Hablaban de no se sabía qué juerga de amigos y coristas, que acabó en la prevención. Al fin se levantaron, despidiéndose con total frivolidad de él y del nombrado Gómez Turza.

En torbellino alegre de sus risas desaparecieron por el torno, y el automóvil sonó su bocina calle abajo.

José de San José, pasmado, estaba frente a frente de aquel otro señor, que fumábase su puro muy tumbado en la butaca.

-Oiga -se atrevió luego a preguntarle-: ese joven marqués que acompaña a Celia, ¿quién es?

-El marqués de Pobladet.

-¿Es su pariente?

-Sí, su pariente.

-Y... ¿novio suyo?

El otro vaciló, miró a José de San José con sorpresa, y respondió:

-Sí, novio suyo.

-Y... ¿la señora? ¿Novia del otro, o su mujer... y algo de Celia?

-Sí, novia del otro. De Celia, nada.

Hubo un silencio, y volvió a preguntarle San José:

-¿Dónde vive ese marqués de Pobladet, me hace usted el favor?

-Lo ignoro.

-¡Cómo! Pues ¿no es usted su amigo?

-Sí -repuso ya cansado Gómez Turza, y levantándose-, mas no sé dónde vive; nos vemos aquí todas las noches. ¡Adiós, señor!

Se fue.

José de San José no tardó mucho en imitarle.

«Pobladet, el novio, el pariente de su Celia, venía a este Ideal Room todas las noches anotó» Iba como loco. No entendía, a menos de ser aristocrática costumbre, que dos jóvenes fuesen solas con sus novios.

¡Perdida también por Celia la esperanza! No le había hecho ningún caso. No le había siquiera oprimido la mano al acogerle, al despedirle.

Mas... ¿no fuese que disimulaba, que disimulaba delante del marqués? ¿Sería que no le quiso alentar las ilusiones, por saberlas imposibles?

Imponíase hablar con el marqués. Contarle todo.

Y a la otra noche, dejándose del Real y la Princesa, desde las doce estábale esperando. A las doce le vio llegar, pero sin Celia y sin Lulú, con los amigos. No le saludaron, aunque él podría jurar que habíanle visto. Fueron a otra mesa.

¡No, no le saludaron!... Y no sólo no le saludaban, sino que San José adquiría la persuasión de que habíanle conocido y estaban dedicándole sus burlas. Se miraban de reojo, sonreían y comentaban no se supiera qué que les chocase.

San José, con disimulo, observábase a sí mismo. Había otros señores, de frac también, por el salón, y él, apuradísimo ante tales burlas, se obstinaba en encontrarse lo que tuviera de ridículo. ¿Sería el pelo?... Él se peinaba a lo Alfonso, con un rizoso y gran tupé hacia la derecha, como en Torrecilla del Pardal; éstos, no: con raya al medio y las cabezas muy brillantes y aplanchadas. ¿Sería el bigote?... Quizá tuviese más baja una que otra guía, de tanto retorcerlas con los dedos, y estos otros teníanlo recortado, sin guía ninguna.

¡Oh!... al fin se descubrió lo que afeaba su elegancia. Alto el pantalón, por no hacerle rodilleras, las cintas del calzoncillo le caían sobre un zapato... y además, el mismo calzoncillo, y no muy limpio, en bolsa.

Arreglóse como pudo estos detalles, y vio aumentar la risita de los otros.

Bien. Los perdonaba. Durante muchas horas había estado acariciando su noble corazón el gran, servicio que iba a prestarle a Pobladet. Le salvaría del deshonor, al tiempo que Celia y él sus ilusiones. Pensaba realizarlo todo sin violencia, por lealtad y por bondad; y este pobre Pobladet, que ahora se burlaba, tendría que ser su amigo.

Llegó el momento.

-¡Camarero!

-Mande, señor.

-Dígale a ese señor rubio, al marqués de Pobladet, que quiero hablarle; que si tiene la bondad de venir aquí un momento.

Fue el camarero y dio el recado.

-¿A mí? -dijo desde largo Pobladet, mirando al que esperaba.

San José asintió con la cabeza.

Un segundo después estaban juntos. Pobladet habíase sentado airadamente, creyendo que querría pedirle cuenta de las burlas.

-¿Qué?

-Quisiera hablarle de algo grave.

-¿De qué?

-De algo grave. Si usted quisiese, podríamos marcharnos a mi fonda. Vivo al pie.

-Perdón. Diga lo que sea. Yo estoy con mis amigos.

-Bien -dijo San José, abreviando por aquella intimación y aquel mal genio-. ¿Usted es el marqués de Pobladet?

-¡El mismo!

-¿Primo de Celia, de la duquesa, y en amores con ella, además, para casarse?

-¿Amores?

-¡Sí! ¡No me lo niegue! ¡Yo lo sé!

-¡No, si no tengo nada que negar ni afirmar! ¿Le importa a usted algo de Celia ni de mí?

Se levantaba el joven, desdeñando la amabilidad como protectora y fraternal de San José. Este se levantó también, y dijo procurando calmarle con el tono:

-Señor marqués, usted hará, mal en no escucharme algunas cosas acerca de su prima. Yo quiero salvarle. Yo guardo de Celia un gran secreto. ¡Celia me quiere! ¡Celia no se casa con migo por su padre, por usted! Pero... debo decirle que a Celia, cuando estuvo en Torrecilla del Pardal, yo tuve el honor de... de

-¿De qué?

-De... ¡deshonrarla!

Fuerte y cómica la cosa. Incomprensible la vehemencia de simpleza y de candor con que habíala dicho este buen hombre. El marqués, que le hubiese dado un puñetazo a no tratarse de un gigante, prefirió alejarse de él, soltándole esta ruidosa y franca carcajada:

-¡Usted es un completo majadero, señor mío!

Fue lo único del diálogo que oyóse en el salón, y el estupefacto José de San José quedóse siendo objeto de todas las miradas, de todas las sonrisas.

No pudo soportarlo.

Por no empezar a coces a diestro y a siniestro, pagó y se fue.

Al partir, creyó escuchar alguna chunga y algún ruido de platillos.

Una hora más tarde, en el cuarto del hotel, todavía seguía reconviniéndose:

-«¡He debido liarme con todos a trompazos!»

Sino que... era tardo, siempre, para cualesquiera resoluciones acertadas.

Y lo que veía bien claro, por encima de su rabia personal, era el desastre, en los demás, de aquellas tantas cosas que él juzgaba formidables: amor, honor, virtud, escándalo, y ni el ir a tal boda de indecencia tras un tan claro anuncio de deshonra, les tenía perfectamente sin cuidado, por lo visto, a Celia y a su padre y al marqués...

¡Inconcebible!

Un mundo aparte, éste de las gentes aristócratas, donde no valiesen los morales conceptos para nada.

Hasta esta noche no se había sentido tan demás en Madrid, el buen José de San José, como una encina que se hubiese traído de sus sierras.

CAPÍTULO VII

JOSÉ DE SAN JOSÉ
ABOGADO
Especialidad en reclamaciones de los Municipios

Ésta era la gran muestra de oro y cristal que había puesto José de San José en un balcón de la calle Espoz y Mina, y tal era también el texto del anuncio que hacía insertar diariamente en los periódicos.

Pero en las 20.000 circulares que repartió por toda España, detallaba además la índole de los asuntos: consumos, elecciones, gestión y cobro de carpetas, etc.; y fijaba las tarifas.

Él, de levita, dentro del lujoso despacho, y con el botones lindamente vestido de verde a la puerta, echaba cuentas con un lápiz.

La muestra le había costado treinta duros. La chapa de la escalera, siete. Los anuncios, setenta cada mes. Circulares y correo, cuarenta y cinco. Traje del botones, veinte. Sueldo del botones, seis. Alquiler de este despacho, diez y nueve. Contribución, por un trimestre, quince. Pago del título (porque, en verdad, no habíalo sacado allá en Sevilla), trescientos trece. Amueblado del despacho y la antesala, cuatrocientos. Libros de legislación y de consulta, ciento diez...

Bueno. Pero esta cuenta la había ya sacado muchas veces. Valdríale más gastar el tiempo en estudiar.

Fue a la excelente estantería, buscó un tomo del Derecho Mercantil, y volvió a la mesa.

No sabía por qué parte empezarlo. Su carrera, ciertamente, habíala hecho a, tropezones. Lo ignoraba todo, pero todo, en absoluto. Por eso trataba ahora de estudiar, y por eso habíase proclamado especialista en aquellas cosas de gestión de Ayuntamientos, que al menos conocía un poco por su práctica política en Torrecilla del Pardal.

-¡Eusebio!... ¡ve, me parece que llaman a la puerta!

Despertóse el chico, que dormitaba en un sillón de la antesala, y volvió diciendo «que no era para allí». En la casa, de una viuda pensionista, había también un profesor con cátedra de inglés y volapuk.

¡Nunca «era para allí»! ¡Nunca venía nadie!... En veinte días no se le había ocurrido entrar a un solo cliente. En veinte días no habían tenido una sola contestación a las profusas circulares.

A ratos se dormían el botones y el letrado. Este, sobre los libros de derecho, y aquél, en el sofá.

En otros ratos, aburrido San José de su tenaz espera por mañana y tarde, «hacía tiempo», antes de subir, en la botica que había en la misma casa. Su amistad con el mancebo había nacido a fuerza de comprarle antipirina para los dolores de cabeza.

Y estos dolores de cabeza acarreábaselos a José de San José su triste situación, su fracaso en los nobles intentos de trabajo, como antes en sus justas aspiraciones amorosas apoyadas sobre la moral y la honradez.

No se acordaba ya de la duquesa más que con un dolor de cosa muerta, de fulguración de brillanteces que le habían lanzado a, la sombra más terrible. Pensó en volverse a Torrecilla del Pardal, y le dio vergüenza su derrota. Su regreso, ya casi consumidas las tres mil pesetas que usurariamente le tenía prestadas Mataburros, suponía la obligación de devolverle a éste cinco mil, de las diez mil que le dio por el magnífico olivar el boticario. O, lo que era igual, el ridículo y la ruina, al hallarse con su capital dilapidado en más de un tercio. Por otra parte, la duquesa y la vida de Madrid, volviéndole imposible toda voluntad de encerrarse nuevamente en una aldea. Pensó, pues, luchar, trabajar, quedarse aquí, en la corte, explotando su carrera...

¡Oh, sí, sí, caro le había costado él dormir con Celia cinco noches!

Ahora, tras los nuevos gastos hechos en su gran esfuerzo estéril de regeneración y de trabajo, habíase reducido su efectivo enormemente.

Pero se obstinaba, tenaz como extremeño: o lograría vivir en Madrid, o no volvería, al menos, a su tierra, sin haber realizado algún negocio que, sin nuevas ventas de las fincas, permitiésele liquidar con Mataburros. A la hermana sosteníala en la creencia de que el matrimonio se aplazaba solamente por querer el duque que el presunto yerno se fijase una situación social como abogado... «Esto es lógico, ya Ves; Matilde: a su título quieren oponerle siquiera el mío profesional...» Y como enviábale a la vez aquellos retratos de frac y de levita que habíase hecho en la época del hotel de Santa Cruz, Matilde, la pobre hermana, según probábanlo las cartas, creíale completamente. ¡Ah, la infeliz! ¡No, no quería San José tampoco defraudarla en sus ensueños de protección y de riqueza!... Antes pegaríase un tiro que volver al pueblo con su vergonzosísima derrota.

Por cuanto al frac, teníalo bien guardado. Su vida era de terquedad, mas también de resignaciones y modestias. Aunque aquí, con vistas al negocio, pagaba bien este despacho y vestía siempre de levita, hospedábase por tres pesetas en una humilde casa de pupilos de la calle de la Paz. Y pasaban días, sin traerle los clientes, y el bueno San José, lleno de amargura, contemplaba su levita y su despacho, teniendo que pensar que estaba equivocado, que no bastan en Madrid las buenas ropas para darle a nadie un triunfo, que hace falta algo, además, sobre tales, apariencias.

Pero... ¿qué algo, gran Dios?... Él no lo sabía.

-¡Oiga, San José, yo creo que usted debía cerrar su bufete! -decíale una mañana el expertísimo mancebo, en la botica, después de haberle oído quejarse de su suerte-. Las ganancias, en Madrid, están en el comercio; en estas cosas de vender y de comprar. Fíjese aquí, por ejemplo: Farmacia: Precios de la militar... y una procesión de gente que le deja al dueño doce mil duros libres anuales... ¿eh?

-¡Sí, sí, caramba! -admiraba el abogado con envidia.

Como que él lo estaba viendo. A cada instante, uno por pomada, por hierro, por clorato. Tres dependientes, y apenas si él podía charlar, seguidos, seis minutos con Ruiz, que era el principal. Un río de plata y calderilla.

-¡Ah, si yo tuviese algún dinero para poder establecer una farmacia... una farmacia modelo, popular, con precios aún de mayor economía!...

-Porque, fíjese: a usted mismo, y eso que ya se le trata como amigo: gramo, de antipirina, un real; pues bien, dado por la mitad, aún se ganaría, porque nos cuesta en fábrica a tres céntimos.

-¡Caramba! Pero... ¿usted es boticario? ¿Cómo se iba a establecer?

-No. ¡Qué importa!... Ya me buscaría a uno de regente. ¡Ah, si tuviese yo siquiera dos mil duros, o un socio!

José de San José, en este día, tras este diálogo, quedóse pensativo. Se fue a almorzar, allá, a su modesta casa de estudiantes, y al dar el paseo de sobrealmuerzo, que ya llevaba encaminándolo tres tardes a la proximidad del Matadero, reflexionó profundamente, no en las contingencias de un negocio de abastecimiento de ganados, ¡siempre peligroso por tratarse con chalanes, sino... en las de aquel proyecto de botica popular!

Citó para aquella noche a Ruiz en un café. Hízole explayarse. Él podría ser el socio del dinero, Ruiz el industrial. En siete noches más, el proyecto se cuajaba. Los catálogos de productos químicos probaron que aún se podía vender con doble economía que en las boticas militares. Plan definido: instalación de lujo en un barrio no excéntrico, pero modesto, populoso; farmacia y droguería de una vez: por regente, un joven que tuviese recién acabada la carrera; pedidos directos a Alemania... y a vivir. Tres mil duros, en suma, con una ganancia asegurada de quince o veinte mil por año. «¡Como que será absorber, matar todas las boticas próximas, amigo mío!...»

«Queridísima Matilde -le escribió a su hermana San José-: Acércase mi boda, y tengo que regalarle a Celia las alhajas y vestidos. Tratándose de una novia millonaria, comprenderás que yo no puedo andarme con miserias. Vende en seguida mis fincas todas. Ahí, sé que hay siempre ansias de comprar. Procura no malbaratarlas. Pero véndelas a escape, cuanto antes.- Tu hermano, que te quiere,

PEPE.»

Veinte días después tenía en sus manos San José cuatro mil duros, que, con el resto que guardaba, le hacían cinco. Se cerró el bufete y despidióse Ruiz de la botica. Vivieron juntos. Empezó para los dos un período de gran actividad. La casa encontráronla en la calle de Toledo, frente a la Cebada. Amplio el local. Trazó el decorador un proyecto modernista. Al mismo tiempo pedíase los botes a París y las drogas a Alemania. Encargaron también jabones, perfumes y una enormidad de tarjetas y prospectos... con cromos, con charadas, con vistas de Madrid y con retratos de bellísimas mujeres... Julia Fons, Trinidad Rosales, Úrsula López, Pepita Sevilla, la Fornarina, la Escribano... Y el 6 de Enero, en fin, con baile y con charanga debajo de la intensa inundación aquella de los focos, se pudo dejar inaugurada la GRAN FARMACIA POPULAR.

El dueño principal, José de San José, estaba loco de contento. Ruiz no había podido demostrar mayor pericia ni honradez. ¡Todo aquello, luces, frascos nuevos, almacenes, anchísimo portal y dos escaparates... que diríase haber costado un ojo de la cara, había salido, sin un real más, de los tres mil duros!... Todavía quedábanle dos mil en el Crédito Lyonés, como reserva.

CAPÍTULO VIII

«Bien. Hoy me pego un tiro» -acabó de resolver, mirando en aquel escaparate los revólvers y pistolas.

Entró y compró un revólver. Excelente. Quince duros. ¿Por qué, si había tirado tanto en lujos de idiotez y de boticas, no gastarse esto en el lujo de su muerte?

Tomó inmediatamente un coche y se hizo llevar a la Moncloa. Allí lo despidió y se sentó en un banco de la profundidad de los jardines.

Triste, lúgubre, con una horrenda visión clara del pasado, como todos los suicidas, se puso a hacer su última justificación de lo fatal. Veía, adivinaba el pueblo, hundido en las distancias, sencillo e inocente con su dulcísirno crepúsculo en esta bella tarde de Febrero. Él, con disparates y mentiras, se había restado del mundo y de Torrecilla del Pardal. Nunca habría pensado que le fuesen tan funestos aquellos automóviles que espantaron a los burros de la loza. Cadena de sandeces sus amores, su bufete, su farmacia. Esta, al mes justo, habían tenido, que cerrarla. No entraban en ella más que algunos desdichados. Error de Ruiz, el buen hombre, que también andaba ahora sin destino. Y menos mal, que anteayer pudo traspasarlo todo en tres mil pesetas, pagando con seiscientas ciertos créditos pendientes...

«¡Bien, sí! ¡Me pego un tiro!»

Empuñaba ya el revólver, en el bolsillo interior de la americana, y sintió un contacto suave de billetes. Los sacó. Era un suicida original. Un suicida por pobreza, por miseria... que, no obstante, iba a dejarse más de quinientos duros encima del cadáver. Además, en el Crédito Lionés quedábanle intactos los dos mil duros.

Le cruzó una idea. Puesto a morir... ¿qué más le daba este momento, que otro?... Ya que había gastado en estupideces su caudal, justo era que lo acabase de consumir en sus placeres. Quince días o un mes a derrochar, a divertirse a todo trapo... con este seguro y consolador final de su revólver. ¡Una grata despedida de la vida!

Salió de los jardines. Tomó otro coche, por horas esta vez, y le mandó dirigirse a la calle de Alcalá. Iba a buscar a Buenaventura, la florista.

La halló vendiéndoles claveles a dos cocotas, por una ventana de la Maisón Dorée, y sin bajar del coche le paralizó una reflexión comparativa. Buenaventurita, chica y medio pitañosa, no valía un comino al lado de aquellas damas de sombrero. ¡Caramba, si quisiera alguna de estas de sombrero! ¡Si no llevasen mucho!...

Y sonrió de su extraña simpleza de tacaño, llevada hasta el borde del sepulcro. Si él iba a morir, ¿a qué pararse en que le durase su dinero cuatro días o veinte?... ¡Erale lo mismo! ¡Estaba en situación, pues, de derrochar propiamente como un duque!

Cosas de la vida ante la muerte. Además, le animó una mefistofélica delicia de venganza. Faltaban todavía tres meses para que se cumpliera el plazo del pago a Mataburros, al cual, por consecuencia, perteneceíale casi la mitad de lo que le restaba. ¡Que se amolase, por haberse propuesto tal robo de usurero!

Llamó a Buenaventura. Empezó por darla, a cambio de un clavel, cinco pesetas. La informó de que esta vez no se trataba de ella, sino de las otras, y la hizo ir a decirle a una, «¡a la rubia y alta! ¿sabes?», si quería aceptar su compañía. Cumplido el encargo, Buenaventura volvió a comunicarle que ésta era Lilianne, bailarina de danzas bíblicas en el Royal Kursaal, a donde tendría que encontrarse antes de las seis, y que «llevaba treinta duros». De aceptar, debía ser después de la función. ¡Bravo! El suicida se bajó del coche y se acercó a la mesa de ellas, por pagarlas el vermut. Hablaban español, aunque chapucero. Volvió Buenaventura a darlas flores, y él, como «para hacerlas boca» y deslumbrar a las francesas, le dio a la floristilla cinco duros.

-¡Aire! ¡y déjanos en paz!

Abrieron ojo las francesas. Un hombre que, para que le dejasen en paz, así lanzaba los billetes. ¡Laere nom de Dieu!

A las seis fuese San José a tomar un refrigerio y a vestirse su frac, aquel tan desdichado y elegante frac que de nada le sirvió con la duquesa. A las ocho tenía en el Kursaal un palco para él solo, que en seguida se llenó de kursalistas obsequiadas. Claro es que había pedido a la cochera un landó de dos caballos. Ideal Room, desde la una, con las dos francesas y a todo gasto de burdeos y de champaña. Últimarnente, soledad con Lilianne, en el mismo lindo gabinete de ella, hotel Inglés.

Lo primero que hizo José de San José al otro día, una vez bañado y cambiado en su cuarto de la calle de la Paz el frac por la levita, fue mudarse... al hotel Victoria, nada menos. Se enteró de que por quince días hubiera de costarle mil pesetas un magnífico automóvil... y largó las mil pesetas. «¡Que lo traigan!» Pedido por teléfono, estuvo a su disposición en diez minutos. Lo tomó, y fuese al Crédito Lionés. Sacó los dos mil duros.

Tarde hermosa. Recogió a la bailarina y paseó en la Castellana. Llamaban la atención. Ella con su traje exótico y su cara. Él, con su ademán de perfecto cortesano.

La experiencia de Madrid, efectivamente, habíale hecho desterrar ridiculeces. Desde tiempo atrás, recortábase el bigote, a la alta moda, y se aplanchaba con raya al medio la cabeza. De los calcetines, no hay ni que decir que se los ponía por encima del calzoncillo y estirándoselos con ligas... ¡Nada! ¡Un goma, un gentleman... con sólo haber resucitado su frac y su levita fastuosos!

Comieron en Tournié, por indicación de Liliana. Luego, palco en el Kursaal, por verla aquellos bailes sagrados y hacerse envidiar luciéndola en los entreactos junto a él, y una verdadera pelea de kursalistas disputándosele.

Pero le fue fiel otros tres días. Al cuarto mejoró, llevando a María Luz, la célebre ex querida de Cordón, a un gran baile en la Comedia. Máscaras. Estaba allí lo más alegre y distinguido de Madrid. El palco de ellos, abundantemente abastecido de champaña, se fue llenando poco a poco de amigas de ella. Luego, borracho todo el mundo, tras de las amigas iban los amigos, y estableció rumbosas amistades José de San José. Sin saberse cómo, a las cuatro de la mañana se encontró en los Burgaleses, cenando, con el conde de Castuera, con un diplomático italiano, con Merás, sportsman, y con otras dos preciosas pecadoras, además de María Luz. A todos los había transportado su automóvil. Y aun menos sin saberse de qué modo, a la una del siguiente día se despertó con María Luz en una alcoba fastuosa que le hizo preguntar: «¿Qué es esto, nena? ¿Dónde estamos?» Pues en el gran hotel de Recoletos, propiedad del conde de Castuera, hombre rico, solo, que vivía en constante bacanal. Bañáronse, púsose él ropas del conde, y pasaron tres días de borrachera sin salir de aquel palacio.

Esto consolidó y extendió sus amistades. A las horas de almorzar iba allí de gente igual que a un jubileo. Las damas andaban desnudas, con una oblea pegada en el ombligo, como adorno. La mesa servíala una gorda cocinera, en cueros, montada en una burra. Una noche enjabonaron a la bella María Luz y a, otras cinco, y corrieron tras de ellas. Escapaban. Se les resbalaban de los brazos, como peces. Era un modo de jugar al esconder, por el palacio, y con opción a todo con aquella que atrapasen. Si no que hubo que lamentar un incidente. A última hora aparecieron Álvaro Fillol y Gómez Turza, también borrachos. Eran los amigos del marqués de Pobladet, que en unión de éste se habían burlado de San José, en el Ideal Room, aquella noche, y al reconocerle fatigado y medio dormido en un sofá, intentaron reanudar sus chanzas y burletas. José de San José se levantó, cogió a Fillol por el pescuezo y lo tiró contra el piano; pilló por la entrepierna a Turza y lo quería tirar por un balcón. Fillol resultó con fractura de un tobillo; y a Turza que protegido tras del dueño de la casa en un rincón, gritaba que quería batirse inmediatamente a pistola, le aconsejó el conde, de lástima: «¡No, seas tonto! Este San José le pega diez balazos seguidos a una mosca. Ayer estuvimos tirando al blanco en mi jardín, y no fallaba.» Y era verdad. Un gran tirador de carabina, cuando menos.

Corrió la noticia del suceso. Llegó, sobre todo, a oídos del marqués de Pobladet, que era con quien quería repetir la función el bravo y rico provinciano. Y como a éste habíale presentado Castuera en la Peña, a donde también iba Pobladet, el pobre Pobladet (que aunque no cobarde, huía de un desventajoso pugilato con el Hércules), no se atrevía a entrar en la sala de juego de dos a cinco de la tarde. Allí, en efecto a esas horas, estaba José de San José jugando a la ruleta, y con tales bríos y fortuna el hombre, que en poco más de una semana ganaba seis mil duros.

¡Caracoles! De modo que... Sí, sí, tratados bien pronto, se dio cuenta de que, salvo la buena educación, estas gentes de Madrid eran igual que Pangolín, que Mataburros, que Badillo... Le tenían por archimillonario.

Graciosos inclusive, algunos de estos elegantes vividores. María Luz le había enterado de que un viejo, don Carlos Vera del Rincón, acostado con ella una noche, se echó a gemir, oyéndola en un rato hablarle de su madre. «¡Cómo, niña, pero ¿la hija tú de Cruz Montilla, que no te tuvo más que a ti?... ¡Ah, hija, hija mía, entonces, también... puesto que yo fui el padre de aquella niña de tu madre!...» Y desde aquella hora, aparte de que, naturalmente, María Luz no la cobró, en la duda de que fuese cierto, le estaba manteniendo, y a solas llamábale papá, de lo cual mostrábase él enternecido.

En suma, que porque se lo propusieron una tarde, José de San José no tuvo inconveniente en asociarse con seis mil duros en la sociedad de la ruleta. A partir de entonces, disfrutó de una diaria renta, de dos mil, de cuatro mil pesetas...?Y ánimo y a gozar, mecachi en Reus!...

¡Ah, las historias que en el rato de desfilar de carruajes pudo aprender en su automóvil o desde aquellas mágicas ventanas!

Y ninguna tan inesperada, tan cruel... tan cruel para sus recuerdos de ilusión, como la que determinó una noche el paso veloz de un automóvil.

-¿Eh?... ¡Celia Adamés y la Lulú! -oyó que le decían-. ¡Qué poca vergüenza!

-¡Cómo Celia! ¿La duquesa? ¿Con qué Lulú?

-Con la ex corista. Lulú Vidal. Querida de ella, dicen, y querida al mismo tiempo del amigo del querido.

-Pero, ¡Celia! ¿La duquesa de Adamés? ¿Querida de...?

-Sí, a pluma y pelo, según cuentan. ¿Usted creía que le daba sólo por los hombres?

Asombrado. Loco, San José. Enteráronle. Celia vivía, como su madre, como el duque, su papá, poniéndose el mundo por montera. Tenía veinticinco años, y desde hacía ocho... iba a todas partes. Mudábase de amantes igual que de camisas, cuya siempre vasta y rica colección conocía medio Madrid y aun media España. Había hecho famosos los lunares que se pintaba, queriéndolos hacer pasar por naturales, en sus grandes pechos, ya algo ajados, de guerrera. Era una especialidad en conquistas. Hacía el amor como un don Juan. A tiempos le daba por chulos y toreros. Salía, buscaba, y, corriendo a ser preciso con los gastos, llevábase al cautivo a las Ventas, a la Viña P., al Habanero... si no valía la pena de llevarlo a su femenina garçonière de la calle Fuencarral.

¡Aaaah! ¡Demonio!... Pero... disimuló José de San José y se limitó a este comentario:

-Sí, yo me acosté con ella en su finca Los Cimbrales. Por eso, por algo de eso le pegué a Fillol y a Gómez Turza, y por lo mismo le tengo gana a Pobladet.

-¡Hombre -le dijeron-, pues ya ve usted que no merece una cuestión esa mujer!

San José repuso, quitándola importancia:

-No, efectivamente...; Pobladet no me inspira ya rencor alguno.

Gran noticia para Pobladet. Al otro día fueron presentados uno a otro y corrieron una juerga. Cinco automóviles y diez mujeres de lo más galante de Madrid. Iba Lulú Vidal. Almorzaron en Segovia, comieron en La Granja, y proyectaban pasar el día siguiente en Sevilla.

Mas alguien recordó que era en Madrid, aquella noche, en el Real, el baile de Bellas Artes, y los automóviles volvían hacia Madrid en cuanto el sol se puso. En uno de ellos conversaban Aurora la Chalana, Lulú Vidal, el marqués de Pobladet y José de San José.

Pobladet contaba que sólo tuvo amores con Celia quince días. Enamorado actualmente de Lulú, hacíala confesar que no había habido jamás nada entre Celia y ella. La borrachera volvíale tierno y celoso; y contestábale Lulú afirmando que, ya, la tenía más cuenta otro cualquiera. Celia se arruinaba y hablase, vuelto miserable. Además, queda casarse, casarse con cualquiera, por justificar un embarazo de dos meses.

-¿De quién?

-¡Ve tú a saberlo!

-Y, ¿por qué no... lo desbarata?

-¡No! Le tiene miedo, porque... en otro desbarate estuvo si las lía. Aparte de que la he oído decir que no quiere pasar por «solterona» cuando sus padres se le mueran.

-Pues, hija... ¡héroe habrá que llamar a ese marido, si lo caza!

José de San José vibró a la frase.

-¿Se arruina Celia? -inquirió bajo el terror retrospectivo de haber podido casarse él con tal pendón sin cuatro reales.

-Sí. Debe un caudal -dijo Pobladet-. El día que le falten sus padres, le caerán los acreedores, y estoy cierto que no le dejan ni dos millones de pesetas.

Se mordió los labios San José. ¡Atiza! ¡Dos millones de pesetas!... Y a esto le llaman arruinarse. ¡Estarían creyéndose estas gentes que, él tenía lo menos cien millones de pesetas!

De pronto, en una bifurcación de la carretera, donde había un paso a nivel, con las cadenas echadas, acercóse la guardesa. Noticiaba que una señora, en otro automóvil, acababa de cruzar y preguntarla por estos cinco automóviles. Pedía perdón. «Como los había visto pasar por la mañana hacia Segovia, endilgó en tal dirección a la viajera.»

-¿Era alta, morenota, bien metida en carnes?

-Sí.

-Pues... ¡Celia, que me busca! -exclamó Lula entre con rabia y con orgullo.

-Pues... ¡dejémosla viajar a mi primita! -clamó Pobladet-. ¡A ti no te me quita esta noche ni el Nuncio!

Cruzó un expreso. Siguieron ellos. Y, a la una, disfrazados previamente, hicieron su entrada en el baile.

Había gran lleno, hasta el punto de ser imposible bailar ni dar un paso por la sala, y los veinte excursionistas se fueron dispersando y refugiando en palcos de amigos, acá y allá.

Gritos. Paquetazos de confeti. A las tres descalabraron a un señor.

A las cinco, San José había perdido a su pareja, en un tumulto de apretones; y al buscarla, dio en el ambigú... Hacia un rincón, descubrió al marqués de Pobladet y al conde de Castuera, con cuatro o cinco máscaras. Cantaban y bebían; pero una, de largo y negro dominó, guardaba trágica actitud de reserva y de silencio. José de San José, obstinado en encontrar a la Chalana, con ansia ya de llevársela del baile, después de tanta gana de ella en todo el día, sentóse a descansar.

-¡Máscara, qué fúnebre estás! -le dijo a la de negro.

-¿No ves qué fúnebre, Pepito? -le contestó la máscara con voz fingida

-Ah, ¿me conoces? ¿Quién eres?

Los arrollaron casi, los demás, saliendo de estampía. Pobladet arrastraba a su Lulú. Quedáronse solos la máscara negra y José de San José, frente a las copas y botellas.

-¿De modo, mujer, que... me conoces? ¿Quién eres tú?

-¿Yo?... Pues mira, una que podía a estas horas ser tu esposa.

-¡Magnífico! Pues si eres guapa... ¡aire, vamos a casarnos! ¡Ahí tengo mi automóvil!

-Y yo el mío. Mas, no es eso. Digo que... de haber querido, podría estar siendo tu esposa de verdad.

Tembló José de San José. De un ímpetu le arrancó a la máscara negra la careta.

-¡¡Celia!! -dijo.

Y Celia... sonreía. Y Celia se levantó, invitándole:

-¡Ven! ¿Quieres? ¡Vámonos los dos!

Cogió del brazo al atónito José de San José, y cuando él creía que iba a conducirle hacia el salón le llevó hacia el guardarropa, y en seguida a su automóvil.

Al partir éste, Celia volvió a quitarse la careta que se había puesto para cruzar por los pasillos. Miró al aturdido San José, y le dio un beso. Después dijo, poniéndole una mano en las rodillas:

-¡Qué cambiado, estás! ¡Qué guapo!

Él la respondió, no sabía si con pena o alborozo:

-¡Oh, sí! ¡Y qué cambiada tú también!

-¡No, hijo; yo... la misma!

-¡Cambiada... para mi!... que llegué a pensar... ¡Y vamos, menos mal que... a falta de otra, me llevas a tu bella garçonière!

-¡Hola! ¿Lo sabías?... ¡Bien! Mas ¿cómo a falta de otra?... ¿Qué quieres decir?

-¡¡Que tú buscabas esta noche... a otra; que tú, Celia, tras otra fuiste esta tarde y has vuelto de La Granja!!

-¿Por la Lulú?... ¡Eso sí que no... yo te lo juro! Fui... ¡por ti!... ¿Lo ha dicho ella, tal vez, la mentecata?... Pues harías mal creyéndola y creyendo que te tomo esta noche por recurso.

Le dio un beso. Él se lo aceptó; mas no pudo menos de decirla:

-¡Oh, Celia! ¡Por mí! ¡y ni siquiera me hiciste caso en el Ideal Room aquella noche!

-Pero, hijo; ¡si estabas que daba risa verte con el frac y con tu bigote aquel y aquel peinado! ¡Si parecías un prestidigitador de esos que salen por los pueblos!... ¡Ahora tienes distinción, chic, cachet, y casi fama!... ¡Ahora se puede una presentar contigo en todas partes!

Volvió a morderle largamente los labios con un beso.

El automóvil volaba por la calle Fuencarral.

Llegaron. Subieron.

Un primor. Retratos, muchos retratos dedicados, de hombres y mujeres, y alfombras y sedas y divanes. Al fondo, entre columnas, un lecho para diosas.

Él se despojó del sombrero y del gabán y fue a tumbarse frente al grande espejo de un armario. Ella, despojada del negro dominó, se puso a sacudirse de todas partes el confeti: de la cabeza, del pecho, del pantalón y de las ligas... según se iba desnudando.

-Mira, mira... ¡oh, cómo me han puesto!

Y él, mirándola y mirándose al espejo con su frac..., sin saber aún a punto fijo por qué, iba pensando que todo triunfo en Madrid supone algo, algo..., además del frac...; algo que en su caso pudiera ser muy bien una dosis regular de osadía y poca vergüenza... ¡Oh, Celia! ¡Oh, duquesa de Adamés! ¡Oh, palacio y regia posesión de Los Cimbrales! ¡Oh, espléndida arruinada, embarazada... con dos millones de pesetas!...

CAPÍTULO IX

«Me caso en Reus... si me casé!» -fue lo primero que pensó José de San José al salir con Celia, por entre la doble fila de sirvientes, de la capilla improvisada.

A la boda no asistían más que los duques, Lulú Vidal y el conde de Castuera y el marqués de Pobladet como testigos.

A Celia no se le advertía demasiado su barriga de seis meses.

Y ¡taf, taf, taf!... Uuuuueeeiiiuuu...

Se estaba ya figurando San José... para cuando llegase a su pueblo en automóvil, espantando a los burros y a la gente...

Fin